0 an

nant

Alberto Manguel

Tradução de Jorio Dauster

talhi

sta

Um

Eddie: Senti falta de você. Verdade. Senti mais falta de você do que de qualquer outra coisa em toda a minha vida. Fiquei pensando em você o tempo todo enquanto dirigia. Vendo você. Às vezes só uma parte de você.
May: Que parte?
Eddie: Teu pescoço.
May: Meu pescoço?
Eddie: Isso aí.
May: Você sentiu falta do meu pescoço?
Sam Shepard, *Louco para amar*

Não há cidade como Poitiers em toda a França. Outras exibem suas histórias gloriosas com despudorada ostentação ou tentam humildemente ocultar as cicatrizes da guerra por trás de fachadas insípidas e indústrias prosaicas. Poitiers, pelo contrário, revela-se aos poucos, detalhe por detalhe, nunca permitindo que o visitante a veja em sua inteireza. Certo ângulo de um dos rios que a cercam, um canto do rochedo íngreme sobre o qual se espraia o casario, um trecho instigante de suas muitas ruas sinuosas, o fulgor de um retalho de céu entre dois torreões: essas são algumas das visões fugidias com que Poitiers seduz seus admiradores. Não se trata de timidez ou falsa modéstia, certamente não de puritanismo ou de um inadequado senso de decoro, mas tão-somente da voluptuosidade deliberada de uma criatura exposta ao sol que se revela escama por escama, segmento por segmento, como Melusine, a princesa-dragoa da vizinha Lusignan.

Segundo Jean-Luc Terradillos,* essa combinação de sensualidade e recato, essa maneira de ser meio mundana e meio mágica, é característica de toda a região pela qual, séculos atrás, cavalgaram Eleanor da Aqüitânia e seu legendário séqüito inspirado pelo amor. Todavia, é a cidade de Poitiers que parece ter destilado e concentrado as qualidades que, por um lado, deram origem a belezas tão cativantes quanto Diane, amante de François I,** e, por outro, a horrores tais como a Solteirona Seqüestrada descrita por

* Jean-Luc Terradillos, "Le cas Vasanpeine" em *L'Actualité Poitou-Charentes* (Poitiers, setembro de 1999).
** Philippe Erlanger, *Diane de Poitiers* (Paris, Gallimard, 1955). Diane não nasceu em Poitiers. Sua relação com a cidade vem do marido, Louis de Brézé, conde de Maulevrier.

André Gide.* Mas essas são histórias que não nos interessam no momento.

Não há dúvida (e Terradillos concorda comigo) de que o personagem cuja trágica vida irei contar aqui é um produto típico dessa cidade encantada. Anatole Vasanpeine nasceu na última década do século XIX, no ano do caso Dreyfus, em uma família que muito antes dos terrores da Revolução já habitava uma casa despretensiosa atrás da igreja de Notre-Dame-la-Grande, numa das tortuosas ruas brancas que descem rumo ao rio Clain. Cresceu sob os cuidados indiferentes de vários adultos medíocres, entre os quais sempre teve dificuldade em distinguir sua mãe de seu pai, ambos com bigodes e ambos cinzentos. Igualmente inexpressiva foi sua educação sob a palmatória de um velho professor, que se contentou em ensinar o menino a ler, escrever e fazer contas. Mesmo quando criança, cidades bem maiores, como Paris e Bordeaux, mencionadas com admiração pelos mais velhos, em nada o atraíam. E, sem jamais pôr os pés fora de Poitiers, o garoto cinzento transformou-se num adolescente cinzento que, por

* André Gide, *La sequestrée de Poitiers* (Paris, Gallimard, 1930).

seu turno, converteu-se num jovem adulto macambúzio que, com idêntico desinteresse, atendia aos pedidos de uma toalha ou de um pedaço de sabonete de Marseille nos banhos públicos da rua Gambetta, a poucos passos de Notre-Dame-la-Grande.

Naquela época, as pedras de Notre-Dame-la-Grande eram negras devido aos efeitos do sal que, séculos antes, havia se infiltrado no solo quando o andar térreo fora ocupado por um mercado desse produto; com o tempo, elementos químicos nocivos avançaram como um câncer pelas paredes, fazendo com que a Casa de Deus ganhasse a aparência de uma caverna de ébano.* Para compreender o caráter de Vasanpeine (assim diz Terradillos, e acho que tem razão), é necessário entender esse aspecto curioso da igreja em cuja sombra ele nasceu, porque, tal como os blocos de pedra do edifício, sua sombria aparência externa de fato ocultava um intenso fogo interior. Anos atrás, peritos em restauração de prédios antigos conseguiram limpar uma a uma as pedras da igreja,

* Charlotte David-Leonetti, "Le dessalement de Notre-Dame-la-Grande de Poitiers" em *Le dessalement des matériaus poreux*: *Journées d'études de la SFIIC, Poitiers, 9-10 de maio de 1996* (Paris, 1996).

devolvendo-lhes a luminosidade primitiva. Infelizmente, nada e ninguém tentou remover a escura pátina que encobria Vasanpeine, motivo pelo qual, embora o fogo dentro dele nunca se apagasse, aos olhos de seus conhecidos ele tenha continuado a ser, até o fim da vida, um empregado dos banhos públicos medíocre e sem brilho, de olhos remelentos. Era assim que o mundo o via.

Existe na natureza um organismo vegetal, chamado saprófito, que se alimenta de matéria orgânica em decomposição. Se desejássemos encontrar um equivalente biológico para Anatole Vasanpeine nesse universo labiríntico, tumultuoso e multifário, não erraríamos ao compará-lo a essa planta cinzenta e recôndita, menos vegetal do que mineral na aparência, que busca seu sustento naquilo que já morreu.

Foi sem dúvida essa própria opacidade que possibilitou a Vasanpeine, ainda menino, dar os primeiros passos na curiosa ocupação a que iria se dedicar solitariamente até o terrível fim. Ela nasceu de um talento que por muito tempo nem ele soube possuir, pois, como muitos de nós que desconhecemos nossas melhores habilidades, Vasanpeine não percebeu que era dotado dessa sensibilidade especial pela razão paradoxal de que ela se desenvolvera de forma mais potente e insidiosa do que qualquer outra. Aqueles de nós cujo ouvido perfeito nos permite distinguir os cantos de diversos pássaros, ou que temos um talento inato para resolver abstrusos problemas de lógica, podemos desfrutar dessas habilidades por muitos anos sem nos dar conta de que as possuímos, até que alguém chame nossa atenção para elas: parecem-nos naturais e pouco notáveis para a imagem que fazemos de nós próprios, assim como nosso jeito de dançar polca ou segurar um garfo. Vasanpeine fez uso de seu talento, cumpre dizer, sem um grão de vaidade ou se dar ares de superior.

Deixe-me dizer logo que talento era esse. Terradillos alongou-se sobre o assunto, porém, entre as fontes relacionadas para explicar a habilidade peculiar de Vasanpeine, curiosamente deixa de se referir ao *blason*, a forma poética típica daquela região da França nos séculos XV e XVI: uma composição rimada em louvor de alguém ou alguma coisa, em particular as partes do corpo feminino. O *blason* permite que o olho do poeta se concentre não no todo óbvio, mas em seus componentes individuais, dividindo assim o corpo em objetos separados de veneração e de prazer, cada qual *primo inter pares*. O leitor verificará a relevância disso para Vasanpeine.

Terradillos também deixa de mencionar a arte do mosaico que floresceu alguns séculos antes de Cristo, quando os romanos dominavam o Poitou e os campos eram pontilhados de mansões imponentes e templos austeros, dos quais vários exemplos notáveis podem ser vistos hoje no Musée Sainte-Croix.* Conquanto se possa argumentar que o mosaico é sem dúvida o oposto do *blason*, ao chamar a atenção para a imagem por inteiro e não para as partes, o fato de que não tenta ocultar sua natureza fragmentária sugere que, para o artista, o que importava era a visibilidade de cada partícula *mesmo se* (e não *por que*) ela devesse se harmonizar às demais. A meu ver, o mosaico e o *blason* devem constar entre as fontes locais das quais brotou o dom criativo de Vasanpeine.

Recentemente, graças a uma generosa doação dos herdeiros da srta. Adelaide Piffeteau,** uma

---

* Alain Quella-Villeger, "Un mosaîque commenté par Pierre Loti" em *Enquête sur une mystification littéraire* (Istambul, Ünlem Basim Yayincilik, 1998).
** "Generosité d'une famille poitevine" em *Centre Presse* (Poitiers, 27 de outubro de 2003).

prova precoce do talento do jovem Vasanpeine tornou-se acessível sob a forma de um álbum de recortes de vinte e dois centímetros e meio por trinta e um centímetros, encapado com um desbotado papel de embrulho verde. Nas décadas que precederam a Primeira Grande Guerra, um dos deveres que os professores costumavam passar para os alunos de sete e oito anos era a compilação de um herbário com exemplares das plantas silvestres da região. As crianças deviam colher, identificar, prensar e colar tantas folhas de arbustos e ervas quantas pudessem descobrir, apresentando o trabalho para ser avaliado ao final do ano escolar. Não é de surpreender que o herbário de Anatole Vasanpeine tenha sido diferente de todos. Trazendo um pequeno rótulo com a anotação *"Herbier d'Anatole Vasanpeine"* em letras minúsculas porém muito nítidas, ele consiste em cinqüenta páginas presas com barbante e se parece à primeira vista com todos os outros trabalhos. O dele, porém, apresenta uma diferença essencial e significativa. Em vez das comuníssimas prímulas, dentes-de-leão, bistortas e bolsas-de-pastor, presentes na maioria dos herbários, o seu trazia uma impressionante variedade de estranhos retalhos e fragmentos impossíveis de identificar:

pedacinhos de couro e de casca de árvore, papéis e tecidos, cordas e fios, uma teia de bordados ou um chumaço de cabelos. O que torna notável a coleção de Vasanpeine é o desprezo, em alguém tão jovem, pela forma convencional, pelo feitio reconhecível, pela coisa inteira ou *Gesamtskunstwerk*, pela divisão tradicional em reinos naturais com as rígidas fronteiras entre o mineral, o vegetal e o animal. Mesmo nessa tenra idade, Anatole Vasanpeine via o mundo como fragmentos identificáveis cuja autonomia era capaz de reconhecer sem utilizar uma *Gestalt* abrangente.

Com exceção desse álbum de recortes, há pouco mais que seja de interesse do historiador no parco material que nos chegou de sua infância. Os documentos compilados em 1982 pelo dr. Dietrich Simon em seu conhecido suplemento ao *Bulletin de la Societé des Antiquaires de l'Ouest** desde então se comprovaram espúrios ou totalmente incorretos graças aos

---

* Dietrich Simon, *Documents pour servir à la recherche sur Antoine* [sic] *Vasanpeine*, suplemento ao *Bulletin de la Societé des Antiquaires de l'Ouest et des Musées de Poitiers*, quarto trimestre de 1982, quarta série, volume XVI (Poitiers, na sede da Societé, 1982).

esforços do professor Alain Quella-Villeger,* que salvou das ruínas uma única pérola, o testemunho do *père* Claude Rouquet, sacristão de Sainte-Radegonde. Em sua autobiografia,** *père* Rouquet, ao discorrer sobre os benefícios de se recusar a discutir o catecismo com aqueles a quem lhe foi confiada a sagrada missão de instruir, conta, de passagem, um curioso episódio de sua vida pastoral. Embora não se conheça o nome do menino posto sob a guarda de *père* Rouquet nas manhãs de domingo, Quella-Villeger concorda relutantemente com a sugestão do dr. Simon de que, baseado numa cuidadosa análise das informações contidas no próprio documento, o menino em causa é sem dúvida Vasanpeine.

Pode ser útil reproduzir por inteiro as páginas relevantes que, escritas no estilo abominável do *père* Rouquet, constituem o prefácio intitulado "Para o Leitor".

---

* Alain Quella-Villeger, "Un amas poitivin de vain ouî-dire", em *Enquête sur encore une mystification littéraire* (Istambul, Ünlem Basim Yayincilik, 1999).
** Père Claude Rouquet, *Mes tête-à-têtes avec Dieu* (Poitiers, L' Estampette chrétienne, 1932).

Este livro, Leitor, é daqueles que não requerem os bons ofícios de terceiros para recomendá-lo. Seu título, Minhas conversas com Deus, *tem tamanha capacidade de atração que só mesmo alguém totalmente desprovido de inteligência não sentirá o desejo de ler o trabalho que vem na sua esteira, uma vez que os assuntos nele tratados são tão deliciosos e tão elegantemente abordados que apenas aqueles que carecem do conhecimento natural da beleza deixariam de reconhecer que este livro está impregnado de todas as perfeições necessárias para provocar admiração nas mentes bem formadas. Em minha tarefa de inculcar as verdades sagradas na alma dos jovens, vez por outra enfrentei instâncias de obtusidade tão deliberada que me perguntei sobre a equanimidade de Nosso Senhor, que com uma das mãos acendeu em alguns de nós a chama do reconhecimento e da aceitação, enquanto em outros apagou a mecha da compreensão com as águas da teimosia e da estupidez.*

Uma dessas criaturas se apresentou para receber minhas instruções muitos anos atrás, porém não será um exercício inútil tentar agora, quando me preparo para compor a crônica das interlocuções que mantive com Nosso Senhor ao longo da vida, descrever a surdez e a cegueira de uma de Suas criaturas, defeitos que eu, Leitor, in-

dignamente brindado com Seu poder da fala e Sua sensibilidade, tive o privilégio de testemunhar.

O menino em apreço tinha oito ou nove anos, mais velho, portanto, que seus colegas de estudo. De altura média, cabelos escorridos, pele doentia, magro como uma vela e com a mesma cor de cera, nada em sua aparência física era memorável, nem mesmo os olhos, que, se bem me recordo, eram desagradavelmente salientes sob as pálpebras pesadas, de tal modo que eu nunca podia dizer com certeza se ele estava semi-acordado ou semi-adormecido. Falava numa voz baixa e nasalizada, praticamente sem mover os lábios, e muitas vezes, durante as longas lições, eu o tocava com o dedo a fim de tentar provocar nele um arremedo de vivacidade. Nisso, Leitor, não obtive êxito.

Nosso catecismo sagrado, como as pessoas de fé sabem e crêem, começa com as perguntas que dizem respeito ao propósito do Homem na Terra; a edição publicada com o nihil obstat *de Sua Santidade em Roma e com a aprovação do Conselho de Bispos e Arcebispos da França em 1888, assinala com uma estrela aquelas perguntas que precisam ser ensinadas às crianças com pouca memória, deixando de lado as outras, reservadas para as de maior inteligência. Parecia-me óbvio que o menino em causa pertencia à primeira categoria, a dos desafortunados.*

Meu Calvário (uso a palavra sem desejar sugerir de forma alguma que meus labores possam ser comparados aos de Nosso Salvador) começou com a primeira pergunta, que, como sabe o Leitor, é a seguinte: "Quem é o Criador do mundo?". A resposta correta, segundo nos instrui o livrinho, é: "Deus é o Criador do Céu e da Terra e de todas as coisas visíveis e invisíveis". Pronunciei essas palavras em voz alta para que o menino as ouvisse e memorizasse, pedindo que as repetisse à medida que eram pronunciadas. Ele parecia não ter me ouvido, por isso voltei a ler a resposta e esperei com paciência enquanto ele dava a impressão de estar refletindo sobre a frase. Então, após longo silêncio, ele perguntou numa voz ofegante quais eram as coisas que Deus fizera invisíveis.

Cônscio de que a mente dos jovens trabalha lentamente, como as mós de Deus, disse-lhe que as coisas que Deus fizera invisíveis eram aquelas que não podíamos ver. Perguntou-me então por que Deus faria coisas que não podiam ser vistas. "Porque somos todos pecadores e, conseqüentemente, não nos é dado contemplar por inteiro o espetáculo da criação em sua perfeita glória", respondi, parafraseando o célebre sermão de nosso insigne Bispo no último Natal, quando ele tentou explicar a escassez de velas acesas na Catedral, sem dúvida por razões de economia. "Não acredito em coisas invisíveis", retrucou o idiota.

Como sou um homem paciente, cuidei de elucidar a natureza do invisível. "*Certamente há coisas que você sabe que existem mas não pode ver com seus olhos*", *comecei.* "*Não*", *ele respondeu, com um sorriso medonho.* "*Que tal o ar?*", *perguntei.* "*Você pode ver o ar? Pode ver meus pensamentos? Pode ver a padaria do outro lado da esquina?*"

Pensei tê-lo reduzido a um silêncio de aquiescência, porque durante um minuto ele nada disse. Então respondeu: "*Se eu esperar bastante tempo, posso ver tudo. O ar por causa da poeira. Seus pensamentos pela maneira com que o rosto do senhor se contrai quando está pensando. A padaria se andar alguns passos para a direita*".

Foi nesse momento que decidi que aquilo representava uma lição para mim, o professor, uma lição cuja moral era bastante simples: "*Não discuta nada com seu pupilo. Ele não está lá para discutir, e sim para aprender, devendo levar umas boas palmadas se não o fizer*". *Como sabem todos aqueles que receberam meus ensinamentos, desde então esse passou a ser meu lema e minha norma de conduta.*

Qualquer que seja o valor que possamos atribuir a esses documentos antigos, os primeiros indícios *explí-*

citos de que dispomos acerca das realizações ímpares de Vasanpeine sem dúvida surgem mais tarde, em seu próprio diário. Essa fonte preciosa foi mantida pelo autor sem registro de datas, dos dezesseis anos até sua morte, numa série de cadernos de notas encapados com oleado. Guardados numa pequena caixa de metal de cuja chave ele nunca se separava, hoje estão nas mãos competentes do documentalista da Bibliothèque de la Societé des Antiquaires de l'Ouest, o qual gentilmente permitiu que eu os consulte e cite.*

Numa das primeiras páginas do primeiro caderno, em letras miúdas e precisas, Vasanpeine escreveu o seguinte:

Acompanhei Mamãe na visita à sra. Clément, cujo marido morreu anteontem quando uma roda se quebrou e a charrete de aluguel em que ele viajava capotou, esmigalhando sua cabeça. Ouvi Marie dizer que havia pedaços de cérebro espalhados por todos os lados nas pedras do calçamento, mas ontem, quando passei por lá na volta da escola, não consegui ver nada. Ficamos sentados na sala

---

* Agradeço à sra. Patricia Jaunet por sua inestimável ajuda nessa questão.

de visitas da sra. Clément, que cheirava a água de repolho. Enquanto Mamãe falava, pude observar com todo o cuidado a sra. Clément. Ela estava de luto fechado, usando até luvas pretas rendadas e um véu preto sobre o rosto. No entanto, quando falava, sua respiração fazia com que a ponta do véu se levantasse, deixando à mostra o queixo. Era um queixo pequeno, muito liso e branco, com uma covinha no meio — e descobri que não conseguia despregar os olhos dele, esperando por cada "b" e "p" com uma excitação crescente. Toda vez que ela exclamava "Mon bon Paul, mon pauvre petit epoux!", o véu esvoaçava como se numa dança, exibindo a beleza redonda que tremia como se com medo do lábio invisível que a fazia se mover. E então, de repente, só passei a ver o próprio queixo, nem mesmo o queixo como queixo, mas como um montículo delicado de carne branca com a ligeira fenda que o transformava num diminuto derrière. *O queixo da sra. Clément dançou para mim durante toda a tarde e também depois que fomos embora, quente e brilhante na minha memória, dançando ainda durante a noite quando, deitado na cama, fiquei de olhos abertos, sem dormir.**

---

* Caderno de notas 1-A.

Depois disso, vários cadernos de notas não trazem nada, com esta possível exceção:

Olhei para minhas mãos ao lavá-las antes do jantar e as achei extremamente feias. São compridas demais, com dedos nodosos e unhas quebradas. Só se salva o dedo indicador da mão esquerda. Ele revela certa elegância, como se não pertencesse ao resto de sua feia família. Tem a postura de um soldado, empertigado e inabalável. Preciso tratá-lo com mais respeito, parar de usá-lo para coçar a orelha ou limpar o nariz. Vou deixar que outros dedos passem a executar essas tarefas indignas. Vou protegê-lo e admirá-lo, ele merece ser tratado com regras próprias, de forma independente.*

E esta outra:

Acordei e me olhei no espelho. Se deixar de lado o resto de meu rosto e me concentrar num único detalhe, tal

---

* Caderno de notas 7-C.

como a pálpebra esquerda, não consigo mais reconhecê-la pelo que ela é e, pelo contrário, descubro uma delicada saliência de consistência macia, em parte translúcida, em parte cor de sangue, como um pedaço de granito rosa com veios azuis no qual parecem estar incrustados pequenos fragmentos de uma matéria seca e amarela, lembrando o minério de ouro numa rocha. Não me vejo olhando a mim mesmo, um rosto na superfície manchada do espelho, mas, como um observador isento situado no alto de uma cordilheira, contemplo um desenho acidental da natureza, distante, colossal, acima de qualquer crítica.*

Segundo seu diário, Vasanpeine começou a trabalhar no Bains-Douches no inverno de 1913, antes mesmo de fazer dezenove anos, embora nos registros da instituição, mantidos nos Archives Départamentales de la Vienne, conste que foi admitido no mês de abril, e não em fevereiro. A discrepância não tem importância, exceto, talvez, como indicação do intenso desejo de Vasanpeine de começar a trabalhar. Mas por que num local de banhos públicos?

* Caderno de notas 9-A.

Em sua *História dos banhos públicos e estações de águas da Europa*,* a professora Ashenburg menciona que os hábitos de higiene pessoal dos franceses sofreram uma alteração notável após a Revolução. Com a fuga para o exterior dos aristocratas, os melhores balneários no interior do país, que antes tinham servido apenas para aliviar "o reumatismo dos cortesãos, os desmaios das *grandes dames* e as indigestões dos prelados", passaram a ser usados exclusivamente pelos soldados feridos, que consideraram as instalações "limpas e bem cuidadas". No entanto, de acordo com o relatório de 1795 do Comitê de Saúde Pública, os banhos públicos urbanos eram "esgotos sombrios, sujos e pestilentos, administrados por gente ignorante e gananciosa".** Não obstante, diz ainda o relatório, "as portas desses locais imundos permanecem fechadas a qualquer pessoa incapaz de pagar o preço do ingresso, fechadas às feridas purulentas dos men-

---

* Professora K. Ashenburg, *Taking the Plunge: A History of the Bath-Houses and Spas of Europe* (Nova York, Farrar Straus & Giroux, 2004).
** Professora K. Ashenburg, *Go Wash Your Hands! Documents Concerning the Hygienic Habits of the European Population 1652-1956* (Rochester, NY, edição particular, 2002).

digos, fechadas às famílias infelizes que desejam oferecer água e sabonete a seus membros idosos". Graças às recomendações do Comitê, foi iniciada uma ampla reforma que obrigou as autoridades das cidades e vilarejos a fazer uma limpeza em regra naqueles locais ditos de limpeza. Com o lema *Doutor, cure-se a si próprio!*, as casas de banho da República transformaram-se nos Bains-Douches do final do século XIX, instituições razoavelmente higiênicas e eficientes, embora nunca muito populares. As almas alegres da *belle époque* acreditavam, como o dr. Johnson, que a água amolecia o corpo, enquanto a sujeira significava boa saúde. Apesar disso, uma visita aos banhos nas tardes de quinta-feira terminou por representar para alguns uma forma de rito social, como preparação para o ato de abnegação que a Igreja Católica deles esperava na sexta-feira.

Embora o maior movimento ocorresse nas quintas-feiras, nos outros dias também havia alguma clientela. Ocasionais caixeiros-viajantes cobertos de poeira, don juáns burgueses preparando-se para um encontro amoroso, velhas e cansadas senhoras de boa estirpe com tempo de sobra para gastar e padres comilões convencidos de que um banho quente de chuveiro aliviaria suas azias chegavam nos outros dias diante do guichê baixo e estreito na entrada da rua Gambetta e pagavam alguns *sous* pelo privilégio de usar um dos vários cubículos, metade dos quais reservados às *Mesdames* e a outra metade aos *Messieurs*. Para aqueles que chegassem despreparados, alguns centavos a mais garantiam um pequeno cubo de sabonete verde e uma toalha fininha em que haviam sido bordadas as iniciais do estabelecimento.

Escondido atrás de uma divisória, através de cuja estreita abertura só podia ver as mãos pagadoras (a menos que se curvasse para olhar o rosto do freguês), Vasanpeine passou muitos dias felizes observando o desfile de dedos, calçados em luvas ou não, finos ou grossos, lisos ou salpicados de manchas, que abriam uma bolsa com um clique ou remexiam dentro de uma sacola, entregavam uma moeda e pegavam em troca o bilhete verde-pálido. Havia uma beleza especial (assim ele pensava) na dança desses dedos de estranhos, cada qual tão individualizado quanto uma pessoa, cada qual com uma personalidade distinta refletida em sua aparência e seus movimentos, em certos casos ágeis e precisos, em outros lentos e desajeitados. Muitas vezes sentia vontade de detê-los quando, por ordem de seu impaciente proprietário, eles batucavam, imperiosos, na borda do guichê, ou devotamente se entrelaçavam como se em oração, ou se deixavam esparramar sobre o balcão, ou copulavam como lulas, tentáculos sobre tentáculos. Em certas ocasiões reconhecia alguns fregueses assíduos, em outras se surpreendia com o formato estranho de uma unha ou com juntas excepcionalmente nodosas.

Em casa, a pouca nitidez de tudo que o cercava — a mobília anódina, as cortinas desbotadas, os pais embaçados — contrastava fortemente com suas meticulosas observações no trabalho. Como diz no diário,* era como se seu foco de repente se modificasse, fazendo com que o mundo distinto e detalhado que observava através do guichê se perdesse numa paisagem míope de formas espectrais e cores diluídas. Jean-Luc Terradillos atribui esse aspecto particular do comportamento de Vasanpeine a um distúrbio físico, a uma fraqueza congênita dos olhos que mais tarde o impediria de servir no Exército. Pode ser que sim, mas, se isso for verdade, não ajuda a explicar sua devoção a uma forma de

* Caderno de notas 22-D.

observação e seu desprezo por outra, nem a recusa de remediar o defeito usando óculos de grau. Algo mais profundo, mais inspirador, atraiu Vasanpeine para o reino dos pormenores e o afastou do reino das generalidades. Nenhuma enfermidade banal seria capaz de explicar este momento de êxtase registrado no diário:

Hoje, após entregar o sabonete e a toalha a um primoroso par de mãos femininas, esperei que a senhora terminasse de se despir no vestiário e entrasse no cubículo, fechando a porta atrás de si. Então, com uma audácia que nunca imaginei possuir, entrei na ponta dos pés na sala dos chuveiros. Confesso que não cheguei a ver nem de relance seu corpo inteiro ou mesmo o rosto. Não tentei adivinhar se era velha ou moça e qual a cor de seus olhos ou cabelos. Sabia que a porta do cubículo que eu designara para ela tinha algumas rachaduras na madeira velha e, tão cautelosa e silenciosamente quanto pude, aproximei-me e encostei o olho numa das frestas. Ah, a beleza perfeita daquela forma arredondada! Seria um cotovelo? Um joelho delgado? Seria alguma parte daquela anatomia secreta para a qual eu não tinha um nome? Pouco se me dava. Tudo que importava era a contemplação daquele lindo pedaço de pele que se avermelhava ao ser esfregado por mão vigorosa, reluzindo embaixo da água como a barriga de um peixe recém-pescado. Aquele pequeno retalho de mulher, tremeluzindo e tremelicando sob as ações da mão, me pareceu tão perfeito, tão imaculado em sua existência autônoma, que desejei conhecer alguma fórmula mágica capaz de enfeitiçá-lo e fazê-lo meu, para mantê-lo como um pássaro na gaiola ou um diamante numa caixa de jóias.*

Agora, antes de continuar a relatar o progresso artístico de Vasanpeine, devo mencionar a presença de uma pessoa que, sem dúvida inconscientemente, muito contribuiu para que o jovem passasse dos sonhos à execução. Na existência de todos nós, ouso dizer, há sempre alguém que desempenha o papel de mentor, guia ou apenas de encorajador providencial no momento preciso em que cumpre tomar uma decisão vital. Assim ocorreu com Vasanpeine.

No ano em que teve início a Primeira Grande Guerra, apareceu em Poitiers um livreiro japonês que abriu um sebo na Rue de la Cathédrale, ainda conhe-

* Caderno de notas 20-B.

cida pelos locais como Notre-Dame-la-Petite, bem em frente do Hotel de la Rose onde Joana d'Arc passou uma noite célebre em 1429.* Ninguém soube como ele havia ido parar nessa região da França e, como ninguém tentou fazer amizade com o estrangeiro, o mistério perdurou para sempre. Fosse inverno ou verão, ele mantinha aceso na loja, e com o fogo bem alto, um intrincado braseiro de ferro forjado, pois uma vidente predissera que uma corrente de ar frio o mataria. Seus fregueses eram poucos e discretos: um coronel aposentado que viajara com o *officier de marine* Julien Viaud à terra dos crisântemos nos idos de 1880; uma solteirona apaixonada por tudo que vinha do Oriente e que deixava pasmos seus conhecidos por usar agulhas de tricô enfiadas no *chignon*; uma fenecida princesa da *ancienne noblesse* que colecionava objetos japoneses de porcelana e prata; e um punhado de leitores variegados que, naquela cidade tão tristonha, eram suficientemente curiosos a ponto de entrar no sebo superaquecido para ver se descobririam algo

---

* Isabelle Reinharez, *Anecdotes pour servir à l'histoire de la Vienne* (Saint-Sauvant, Editions de la Cours de Vernay, 2001).

capaz de dar um toque de mistério oriental às bibliotecas de suas famílias. Sentado num canto e acariciando um cachorrinho feioso, parecendo desinteressado de tudo, o livreiro permitia que os fregueses examinassem as obras a seu bel-prazer. Foi esse homem, o ilustre sr. Kusakabe, que desempenhou um papel fundamental no desenvolvimento do raro dom de Anatole Vasanpeine.

O sr. Kusakabe já era bem entrado em anos quando chegou a Poitiers. Na lojinha ele vendia não apenas livros mas também fotografias, muitas delas tiradas em sua própria terra nos primórdios da nova arte. No Japão, o sr. Kusakabe se tornara um mestre no ofício de capturar a luz no papel.* Suas imagens das cerimônias funerárias budistas, de defuntos envoltos em panos brancos ou trajando quimonos com desenhos complexos, dos primeiros fumantes de tabaco iniciados nesse imundo vício pelos astutos comerciantes portugueses, dos instrumentos musicais utilizados pelas gueixas em seus rituais, tais como o

* Sara Facio, "Kusakabe: un precursor" em *Historia de la fotografía japonesa*, vol. 6 (Andorra, Editorial del Estado, 1982).

alaúde de três cordas, os tambores *taiko* e a flauta *fuë*, encantaram o jovem Vasanpeine quando, certa tarde, retardando o regresso para casa, entrou no sebo para passar os olhos pelas estantes e descobriu os álbuns com capa de madrepérola e casco de tartaruga que continham exemplos do trabalho do sr. Kusakabe.

O sr. Kusakabe disse-lhe em tom severo que as fotografias naqueles álbuns não estavam à venda, mas, vendo que o olhar de medo do jovem não escondia uma curiosidade estranhamente abrasadora, cedeu e lhe perguntou se desejava ver outras, desde que prometesse manipular as imagens cor de sépia com imenso cuidado. Vasanpeine aquiesceu com entusiasmo e passou o resto da primeira tarde de seu relacionamento com o livreiro examinando imagem atrás de imagem de coisas que mal reconhecia ou simplesmente desconhecia. Foi então que o velho disse ao jovem que, em sua língua, as fotografias eram conhecidas como *chachin*, isto é, "imagens da verdade".

O encontro com o sr. Kusakabe ocorreu no outono de 1915, que, como todos recordam, foi extremamente frio e, por isso, deu a Vasanpeine uma boa desculpa para ficar mais e mais tempo na loja bem aquecida. Pouco antes do Natal, encorajado pelo óbvio prazer que o livreiro sentia em compartilhar seu trabalho com um admirador entusiástico, Vasanpeine perguntou se ele também poderia algum dia aprender a arte de capturar *chachin*. O sr. Kusakabe pareceu não ter ouvido a pergunta e faltou coragem a Vasanpeine para repeti-la.

Dias depois, contudo, quando entrou como de hábito no sebo após cumprir suas obrigações na casa de banhos, o jovem encontrou o sr. Kusakabe sentado com seu cachorro diante de um baú de laca. Ele fez sinal para que Vasanpeine se aproximasse e, tendo aberto a tampa com grande cuidado, apanhou uma série de pesados objetos envoltos em peças de seda estampada, que ia retirando delicadamente. Como um mágico que dispõe seus instrumentos, o sr. Kusakabe colocou sobre o balcão uma reluzente caixa de pau-rosa com uma aba de cobre, um tripé desmontável, várias lentes faiscantes e diversos discos denteados de metal, bem como duas caixas menores que cheiravam a produtos químicos. "Isto", disse o sr. Kusakabe com orgulho, "é uma câmera de daguerreótipo."

Não será necessário relatar aqui em pormenores as tecnicidades que o velho livreiro explicou e logo demonstrou ao jovem Vasanpeine.* Basta dizer que o sr. Kusakabe havia aperfeiçoado a invenção de Daguerre ao corrigir o sistema de combinação de lentes de Chevalier, o que, aliado ao uso de bromo em vez de iodo, reduzira o tempo de exposição de vários minutos para insignificantes segundos. Vasanpeine admirou, acompanhou, estudou e terminou por dominar os complicados procedimentos, de modo que, algum tempo depois, teve permissão para utilizar o equipamento. O mais antigo exemplo que temos do trabalho de Vasanpeine (atualmente na coleção de Gérard Simmat)** é ilustrativo do que viria mais tarde: uma chapa mostrando um olho sem dúvida oriental fixado diretamente na lente, o olhar do mestre capturado pelo olhar de seu discípulo.

Há poucos daguerreótipos comprovadamente da autoria de Vasanpeine. Isso não é de surpreender, pois sabemos que se trata de um produto lamentavelmente instável e que Vasanpeine deixou de utilizar tal méto-

---

* Os leitores interessados poderão consultar J. P. Veyssière, *Naissance du daguerrotype et techniques d'utilisation* (Saint-Cyr-sur-Loire, Editions de la Moisanderie, 1999).
** *Catalogue de la collection Simmat* (Poitiers, Editions de la Mediathèque, 2000).

do pouco mais de um ano após aprendê-lo. Para o Natal de 1916, ele pediu, e ganhou, uma câmera de bolso para uso à luz do dia, do tipo que acabava de chegar ao mercado, equipada com os rolos de filme recentemente patenteados. De acordo com o diário de Vasanpeine, o sr. Kusakabe não aprovou os aparelhos mecânicos, considerados por ele atalhos desnecessários para a criação de uma obra de arte. "A observação nunca é instantânea", disse ele a Vasanpeine. "O olho exige tempo para compreender o que vê."

Mil novecentos e dezesseis foi o ano de Verdun e do Somme, mas nenhuma dessas tragédias afetou sensivelmente a vida de Vasanpeine. Vez por outra, um soldado ferido aparecia na porta dos fundos da casa de banhos, na Rue des Écoles, pedindo para entrar — e Vasanpeine podia então colecionar, entre seus troféus visuais, o toco de um braço amputado cujas pregas faziam lembrar a parte inferior de uma maçã seca, ou a cicatriz alta que rastejava como uma centopéia sobre um pedaço de pele pálida. Um exemplo dessas imagens faz parte das coleções fotográficas da Bibliothèque Municipale de Poitiers.*

* Cf. Sylviane Sambord, "Des faux dans la collection pho-

Vasanpeine seguiu as lições do sr. Kusakabe na lojinha com paciência e dedicação. Durante muitos anos de felicidade, em que teria ignorado a devastação da guerra não fosse pela gradual diminuição da população masculina da cidade, Vasanpeine estudou com seu mestre e aprendeu as complexidades técnicas e as sutilezas inefáveis que regulam a arte da fotografia. Ele respeitava o desejo do sr. Kusakabe de que as imagens capturadas fossem reproduções reconhecíveis de momentos que transcorrem rápido demais em nosso mundo tão dinâmico e que, por isso, raramente constituem objetos adequados para a meditação. Embora não haja dúvida de que Vasanpeine bem cedo começou a tirar fotografias por conta própria, aparentemente nunca as mostrou ao sr. Kusakabe. Em vez disso, colaborava com ele em estudos e naturezas-mortas de vasos e flores anêmicas, aos quais se juntavam (caso o mercado se mostrasse generoso naqueles terríveis anos de guerra) uma laranja murcha ou uma pêra bichada.*

---

tographique de la Bibliothèque Municipale de Poitiers" em *Eloge des bibliothèques poitevines* (Poitiers, Imprimerie Oudin, 2000).
* *Catalogue de la collection Simmat*, op. cit.

O fim da guerra em 1918 passou quase despercebido de Vasanpeine, embora bandeiras vermelhas, brancas e azuis enfeitassem a cidade, canções triunfais irrompessem dos coretos improvisados e as ruas alegres se cobrissem de serpentinas. Os soldados americanos entraram na cidade num dia tempestuoso de novembro, tocando sem parar as buzinas dos modelos FT da Ford enquanto as moças, carregando braçadas de flores, corriam atrás deles dando vivas. Anatole Vasanpeine não viu nada disso. Na noite anterior ao anúncio de que as potências haviam chegado a um acordo, uma criada fora mandada à casa de banhos para comunicar ao sr. Anatole Vasanpeine que a corrente fatal de ar frio por fim atingira o sr. Kusakabe, o qual desejava vê-lo antes de morrer. Sem ao menos pensar nos fregueses que se despiam nos vestiários, Vasanpeine correu pelas ruas até a loja de seu professor. Num pequeno quarto do segundo andar, encontrou o velho sob um cobertor de lã, o rosto exibindo rugas profundas como uma casca de noz, a respiração difícil, o feio cãozinho enroscado aos pés do dono. Ao longo da noite, Vasanpeine deve ter considerado qual seria a melhor maneira de honrar a memória do professor e, ao raiar do sol, montou pela última vez a aparelhagem fotográfica na presença do sr. Kusakabe. Podemos ter a certeza (com base numa anotação feita no diário)* de que produziu uma imagem gêmea de sua primeira chapa: o olho muito vivido, brilhante e bem focado agora fechado para sempre. A chapa se perdeu. Se outras foram feitas naquela noite, jamais saberemos.

Caso Vasanpeine acalentasse a esperança de herdar o negócio do sr. Kusakabe, teve uma decepção. Pesavam sobre a loja substanciais hipotecas, os credores exigiam pagamento e até a criada (a quem cabia vez por outra passar um espanador nos livros) declarou ao notário que seu empregador lhe devia vários meses de salário. Quando as contas foram enfim fechadas, mal sobrou dinheiro para pagar o carro funerário puxado por um só cavalo que levou para o cemitério o caixão do sr. Kusakabe. Seus livros, sua modesta mobília, os quimonos puídos que gostava de usar durante as lições, o equipamento fotográfico no baú de laca, o braseiro de metal — tudo foi vendido para uma matilha ululante de *brocanteurs*. Só o cachorro não despertou o interesse de ninguém. Vasanpeine o levou para casa.

* Caderno de notas 42-B.

A morte do sr. Kusakabe foi a primeira e única que Vasanpeine lamentou. Conquanto nos anos seguintes seus velhos pais continuassem a arrastar silenciosa e inutilmente os corpos indistintos pelos vários aposentos da casa da família, mais como fantasmas do que como seres feitos de carne e osso, havia muito Vasanpeine deixara de tentar falar com eles. Isso o fez tão irrelevante para os dois quanto estes sempre tinham sido para ele, de tal modo que, quando deram o suspiro final numa manhã de inverno, ambos na mesma hora e devido à mesma enfermidade trivial, a partida sossegada dos dois atraiu tanto sua atenção quanto a saída cotidiana dele para o trabalho atraía ultimamente a atenção dos pais.

Resolvidas sem demora as formalidades funerárias, Vasanpeine reassumiu seus hábitos com uma perseverança que foi tomada como insensibilidade pelas poucas pessoas que sabiam de sua existência. Acompanhado pelo feio cachorro, ele ia para a casa de banhos pouco depois que os sinos da igreja soavam o ângelus matinal; ao meio-dia comia sozinho no Café de la Comédie; voltava para casa bem tarde, quando as lojas já estavam fechadas e as ruas vazias. A rotina da noite nunca variava: após fechar cuidadosamente a porta da casa e passar a tranca, tirava o chapéu e o paletó, preparava alguma coisa para comer na pequena cozinha ladrilhada, servia os restos para o cachorro e então se isolava nos limites familiares de seu quarto, com as caixas de frutas transbordando de fotografias que se deliciava em examinar até a hora de dormir. Ele não tinha nenhuma outra ocupação ou distração, nenhum livro ou disco de gramofone, nenhum amigo ou mero conhecido a quem visitar. Era um amante dedicado total e exclusivamente ao objeto de sua paixão.

Pouco a pouco Vasanpeine tornou-se mais arrojado. Perdeu algo de seu jeito reticente, a timidez desconfortável dos primeiros tempos, e, sem nunca tornar suas atividades deliberadamente públicas, começou a correr riscos a serviço da arte, a cortejar o perigo. Decidiu que não precisava buscar mundo afora o que podia encontrar, por assim dizer, na soleira da porta. A casa de banhos, onde em geral era o único empregado presente, se transformaria em seu território de caça, seu exclusivo campo de ação. A partir de então a câmera estava sempre disponível nos fundos do acanhado compartimento, pronta para ser acionada se ele visse (ou intuísse) que algum detalhe, alguma parte do corpo de um freguês, poderia despertar seu desejo. Como um caçador que sente a presença da presa sem precisar vê-la, esperava que o escolhido apanhasse o bilhete e desaparecesse nos vestiários, só então indo atrás dele ou dela pelos úmidos corredores depois que a porta do chuveiro se fechasse com um rangido, o aparelho na mão, silencioso como um lince. Encostava o olho numa das fendas da madeira (permitindo que a sorte decidisse qual a fenda e, assim, que parte do corpo nu lhe seria revelada) e então substituía o olho pela lente a fim de fixar o relance de amor na solidez feita de cristais, gelatina e papel. A câmera era sua alcoviteira.

Sem buscar conscientemente maior variedade em sua arte, as fotografias revelam a ocorrência de mudanças graduais. De detalhes precisos e anônimos da anatomia, ele evoluiu para uma inspeção mais ampla (ou mais estreita) do corpo humano. O sexo não importava porque a totalidade do ser humano tornou-se a seus olhos um somatório de incontáveis atrações sexuais, um mosaico de desejos, uma colméia de possibilidades eróticas que se transmudavam e recombinavam com a volubilidade de um caleidoscópio. Conquanto nos faltem exemplos concretos devido às bem conhecidas circunstâncias de sua morte, as entradas no diário comprovam seu inspirado progresso.

Por volta de 1925, pouco antes de fazer trinta e um anos, escreve.

Ah, a textura de uma cascata de cabelos entrevista esta manhã! Os cabelos eram avermelhados com flocos dourados, qual carne recém-comprada, e se agitavam sem cessar como se fossem um ser vivo. Os fios individuais não significam nada para mim, mas aqueles feixes, aqueles matagais, aquelas madeixas penteadas pelos cinco dedos da mão ossuda, como me incendeiam de desejo! Contento-me em calcular o comprimento deles a partir da parte que me foi dado apreciar. Não gostaria de ver mais. A totalidade não deixa espaço para o desejo.

Seguem-se outros trechos selecionados ao azar, cobrindo os anos 1925 e 1926.

A pureza de uma rodela de pele sem jaça: nenhuma interrupção na superfície, nenhum obstáculo ao avanço da vista, nem um único pêlo, ruga ou verruga. O que isso me faz lembrar? O céu sem nuvens de junho. Os lençóis postos para secar num dia sem vento. O teto de meu quarto de dormir como o vejo antes de cair no sono, imaginando que poderia ser o chão, despojado, jamais pisado. A superfície de uma tigela esmaltada de branco e cheia d'água antes que eu mergulhe nela minha mão.*

Uma fileira de dedos dos pés, redondos e espichados, surge em meio à água espumosa como sereias gorduchas na arrebentação. Quanto mais os contemplava, mais nítidos ficavam os rostos rosados das unhas, envoltos nas toucas carnudas. Senti uma excitação quase sacrílega ao capturá-las com minhas lentes, essas donzelas dos pés que jamais saberei se pertenciam a um cavalheiro ou uma dama. Mas como pareciam francas, inocentes e ao mesmo tempo tão sedutoras!**

Hoje segui um homem até os chuveiros. Olhei através de uma das rachaduras centrais e vi uma longa fissura horizontal *em meio às sombras, entre dois montículos*

---

* Caderno de notas 51-C; e também cf. 52-C e 52-D.
** Caderno de notas 52-A.

cobertos de pêlos, como um estreito riacho atravessando a mata. Não sei e nem quero imaginar onde se situava essa paisagem na geografia do homem, como também não quero lembrar que o objeto era um homem. A macia fissura entre as margens hirsutas e levemente ondulantes cresce a cada dia em minhas recordações, expandindo-se sob meu olhar. Vou ter de fazer uma ampliação maior do que de costume.*

Aquilo que vi ontem deve ter sido a caverna de uma orelha. Será mesmo? Não tenho certeza absoluta nem quero ter. Uma espiral quase transparente levando a um buraco negro e profundo, que continha o quê? Que esperava por quem? Quis me perder naqueles segmentos da espiral cada vez mais distantes, mergulhar em seus abismos, desaparecer na invisibilidade de suas trevas cálidas e convidativas.**

Uma dobra de pele sugerindo dois onde só existe um, o pequeno vale quase cruzando toda a superfície entremeada de colinas. Ao se mover, o vale passa da horizontal para a vertical, transformando-se numa queda. A água que escorre através e por cima dela torna-se, suces-

---

* Caderno de notas 51-A.
** Caderno de notas 60-B.

*sivamente, um regato, um rio, uma cascata, uma cachoeira.**

*Um cano furado obrigou-nos a fechar a seção masculina e abrir a das senhoras para fregueses de ambos os sexos. A fim de evitar qualquer ato impróprio, só a um freguês se permite entrar no vestiário por vez. Como pode se tratar de um homem ou de uma mulher, para preservar ainda mais a pureza essencial do objeto de meu amor tenho evitado (tanto quanto possível) identificar o proprietário das mãos no guichê. Esperava até que o freguês se despisse e entrasse no chuveiro (podia determinar isso, como de hábito, pelo ruído da água caindo) para só então encostar a câmera numa das fendas da porta do cubículo. O que esse olho mecânico capturou não saberei até amanhã, quando tiver revelado o filme. Mas confio em seu bom gosto, já que ele conhece tão bem o meu. Estou convencido de que não me decepcionará.***

E mais tarde:

---

* Caderno de notas 60-C; também cf. 60-D.
** Caderno de notas 69-A.

A diferença entre fotografar e ver consiste no fato de que a primeira ação dura uma eternidade, enquanto a outra só acontece numa fração de tempo que nunca chega a satisfazer meus sentidos famintos. Dawad, o garçom do restaurante La Comédie, disse-me certa vez que, em sua religião, Deus prometeu a todos os homens bons um céu habitado por lindos corpos e a dádiva de um prazer inextinguível. Mas aqui, nesta Terra sombria, esse tipo de prazer está sempre prestes a acabar. Descobri faz muito tempo que a tristeza e o vazio que no final tomam conta do ato de amor fazem com que, ao menos para mim, ele não exerça nenhum atrativo. Não me sinto consolado pela eterna ilusão de um paraíso no qual o ato de amor possa ser executado ad infinitum *sem dar lugar à melancolia. Minhas fotografias oferecem a constância que meu corpo me nega, dando-me o tempo de que preciso.**

No magistral artigo antes citado,** Jean-Luc Terradillos por duas vezes usa o termo *voyeur* em relação a Vasanpeine. Não estou certo de que tem razão em

* Caderno de notas 69-A.
** Jean-Luc Terradillos, "Le cas Vasanpeine".

fazê-lo. *Voyeur* possui uma conotação escabrosa, uma acusação implícita de práticas eróticas indecentes em que o prazer sexual resulta da invasão visual do reino privado de outrem. Vasanpeine não "invadia" o espaço alheio; pelo contrário, deliberadamente permanecia no umbral do ser físico de seus fregueses, deixando que a lente, e não seu olho, capturasse um detalhe, quase qualquer detalhe, oferecido pela sorte e pela combinação incalculável de tempo e espaço. Toda a sua arte dependia de uma *confluência de anonimidades* em que nem observador nem observado tinham conhecimento de suas respectivas identidades.

Vasanpeine não era um espectador. Era um ator à espera do sinal para entrar em cena. A responsabilidade dele começava após ter revelado o filme no quarto escuro, depois que os produtos químicos haviam desempenhado a função que lhes cabia e algo até então não identificado e sem dono, como um novo planeta nos céus, entrava em seu campo de visão e podia então ser abraçado — não em sua forma viva e dotada de sentidos, mas em sua manifestação bidimensional no papel lustroso. Desconhecendo as grandes obras filosóficas e literárias do passado, Vasanpeine não poderia ter sabido (certamente não sabia) que, em sua maneira descontínua de ver o mundo ao redor, ele estava invertendo o conceito platônico de arquétipos sugerido tantos séculos antes num jardim ateniense:* para ele, para aquele filósofo natural do Poitevin guiado apenas pela intuição, o universo não era a incorporação de formas preexistentes, mas de formas que, pelo contrário, lutavam para atingir uma existência arquetípica que ele, Vasanpeine, qual uma parteira, era capaz de lhes proporcionar mediante o clique do obturador de sua câmera e o banho ritual no fluido de revelação.

Como terá Vasanpeine conseguido tirar essas fotografias sem ser flagrado durante tantos anos? Como terá podido trabalhar em segredo e com tamanha eficiência na atmosfera úmida e sombria do banho público? Sabemos que aperfeiçoou o mecanismo do obturador de sua câmera e reduziu o tempo de exposição ainda mais do que o sr. Kusakabe jamais sonhara em fazer; também sabemos que revelava os negativos num compartimento ligado a seu quarto de dormir e

* Cf. Stan Persky, "Does the Platonic Archetype Have a Platonic Archetype?" em *Mind*, XX-12 (Vancouver, Simon Fraser, 1984).

ao qual ninguém mais tinha acesso. Temos provas (graças às pesquisas de Terradillo) de que lâmpadas potentes foram instaladas em todos os cubículos do Bains-Douches "devido à útil sugestão de um funcionário", como revelam os registros municipais de 1924.* Pode parecer surpreendente que a sugestão de Vasanpeine haja sido acatada, sobretudo porque a eletricidade era então muito cara e os lampiões a gás tinham sido usados para iluminar as ruas de Poitiers até 1923. A explicação talvez resida no fato de que, algum tempo antes, um pequeno escândalo havia sido causado pela descoberta, num dos cubículos do banho público, de um *gréffier* do Tribunal de Justiça atracado com a filha de um juiz da cidade.** O caso foi rapidamente abafado, mas pode ter permitido a Vasanpeine convencer a prefeitura de que a iluminação intensa era necessária para evitar tais ocorrências repugnantes naquele que se esperava ser um templo de decoro. A sugestão de Terradillo de que essa medida coincidiu com uma maior consciência higiênica da população e

* *Rapport officiel sur les débats in-camera à l'Hôtel Ville de Poitiers* (Poitiers, dezembro de 1924).
** Marie-Paule Rolin, *Savoureuses histoires de l'histoire de Poitiers* (Poitiers, Librairie de l'escalier, 1989).

o desejo coletivo de confirmar a eficácia do sabonete na remoção de sujeiras corporais contradiz a afirmação da professora Ashenburg de que "até bem depois da Segunda Guerra Mundial, a maioria da população francesa não via razão para lavar as partes do corpo que permanecem invisíveis".* É provável que esses fatos tenham contribuído, ao menos em parte, para facilitar a ocupação secreta de Vasanpeine e causar os trágicos eventos que conduziram a sua terrível desgraça. Seja o que for, não há dúvida de que Vasanpeine conseguiu desenvolver um método de fotografia pelo qual, com uma câmera rudimentar, num local apertado e em circunstâncias desfavoráveis, foi capaz de produzir algumas das criações mais originais e poderosas de seu tempo no campo da luz e do papel tratado quimicamente.

Se, até a morte do sr. Kusakabe, Vasanpeine havia iniciado o que sem dúvida pode ser definido como um relacionamento amoroso com o mundo através do sentido da visão, nos anos que se seguiram, liberado da tutela benevolente porém rígida do mestre,

---

* Professora K. Ashenburg, Prefácio de *Go Wash Your Hands!*

Vasanpeine descobriu sua voz própria e peculiar, ou, mais precisamente, seus próprios olhos. A câmera portátil permitiu-lhe corporificar sua relação com o mundo num gesto de posse visual tornada concreta pelo uso do filme, uma técnica que emprestava realidade física ao objeto de sua contemplação, dando substância e permanência ao que seria apenas entrevisto de maneira fugaz. O que até então fora a fonte de um instante de amor (a visão de belos fragmentos) agora se transformava num ato erótico no sentido mais verdadeiro da expressão, uma intimidade recriada que se tornava exclusivamente sua na privacidade do quarto de dormir.

Sabemos por seu diário* que, após a revelação, as imagens eram carinhosamente dispostas sobre a cama e que, nu sob as cobertas, Vasanpeine permitia que seus olhos vagassem sobre elas longamente, à beira de um alívio que não se permitia atingir, uma vez que o acúmulo de minúcias corporais excitantes criava uma tensão não resolvida, sempre aquém da realização total. Não sabemos se a colcha de retalhos das imagens provocava em Vasanpeine algo equivalente

---

* Caderno de notas 65-A; também cf. 61-A e 61-C.

aos estímulos do tato e da visão, do olfato e do som, essas aguilhoadas que a mente exige para nos dar a impressão de estarmos apagando as brasas vorazes do desejo. Presumo que, para ele, uma forma corriqueira de satisfação não era a conseqüência óbvia da excitação. Interessava-lhe o caminho construído peça por peça, não a chegada.

Individualmente, cada fotografia continha uma imagem cujo significado estava limitado pelas margens arbitrárias do papel: isto é, cada imagem capturada pela lente de Vasanpeine tornava-se, mediante o simples gesto de emoldurá-la, uma entidade encerrada em si mesma que sugeria (ou provocava) uma mensagem aos olhos de quem a via, que nesse caso era também o artista. Vasanpeine sabia que esse primeiro passo no ato de criação, como a primeira visão de relance que o amante tem do ser amado, define a relação, pois tudo o que está por vir ergue-se sobre a primeira impressão ou fantasia. No caso do amante, trata-se de uma fantasia feita de traços físicos externos, mas também de esperança e desejo internos; no caso do artista, de apreensão do mundo exterior, mas também de um mundo interior reimaginado. O amante captura num átimo aquilo que é recortado pelo artista num pedaço de papel sensível, e nessa armadilha, nesse recinto cercado, nos limites impostos pela obra de arte, o objeto do amor lança as sementes de sua própria narrativa e de seu próprio significado.

O segundo passo, o estabelecimento de um diálogo com o ser amado, consistia para Vasanpeine em dispor as imagens uma ao lado da outra de modo que as bordas que as limitavam se transformassem na verdade em pontes para outras entidades também encerradas em si mesmas, permitindo que tomassem algo emprestado das vizinhas ao mesmo tempo que lhes imprimiam novos significados, conferindo a todas elas, por força exclusiva da proximidade, a qualidade de um conjunto de fragmentos. Uma covinha ou uma fenda poderia por si só significar mil coisas diferentes aos olhos do amante; combinada com uma elevação ou um montículo, torna-se parte de algo mais, um leão-formiga, um animal composto de elementos distintos. Um filamento ou um fio grosso, colocado ao lado de uma folha metálica ou de um pedaço de xisto com furos minúsculos, tornava-se, na geografia erótica de Vasanpeine, não apenas um marco no caminho mas toda uma região, em cujas florestas, lagos, estepes e cadeias de montanha ele amava se perder noite após noite.

Seu diário nos oferece um relato daquele lugar-comum da arte e da literatura vivido por Vasanpeine: a compreensão do abismo entre a obra tal como concebida e a obra tal como concluída. Um sentimento de fracasso o perseguia, o conhecimento de que o que quer que o tenha levado a engajar-se na observação precisa e segmentada do mundo permanecia em última instância escondido dele. Numa página em que, fugindo ao hábito, fala de si próprio, ele declara:

Tiro as roupas, esfrego uma feia mão sobre todo o corpo ossudo, contemplo as belas imagens dispostas gloriosamente sobre a cama, sinto as superfícies que se erguem ondulantes e os matagais cheios de espinhos, o macio e o molhado, os cheiros de levedura e sal e canela, os rangidos e estalidos, o sorvo de ar e o suspiro. Fecho os olhos e deito sobre a superfície fria, tão fria, ordenando que o calor suba até mim, me aceite e me envolva, modifique meu corpo como meus olhos as modificaram. Mas vem sempre a decepção, sempre a frustração! Anatole, Anatole, elas não te querem, não te amam, não retribuirão teu afeto! Mais uma vez você pode fugir com tuas beldades, acreditando que elas são tuas porque você lhes deu teu amor. Mas você está errado, outra vez errado. Só te resta olhar e amar e aguardar, mas a amada imaginada — aquela feita de todas essas jóias, aquela tão generosamente comum no mundo a ponto de que todas as pessoas ordinárias, todos os donos de lojas, todos os mendigos, todos os escriturários arrogantes, todos os velhos cadavéricos e velhas alquebradas têm uma parte dela —, essa amada nunca será tua. Para você, ela será sempre imaginária e impossível! *

Malgrado todas as suas tentativas de obter satisfação física, o caminho ascético — incomum, eu diria mesmo penoso — escolhido por Vasanpeine (ou escolhido para ele por funestas circunstâncias, algumas exógenas, outras inatas) sem dúvida teria continuado a ser trilhado rumo a realizações cada vez mais meticulosas e metas cada vez mais inatingíveis, produzindo assim obras de um refinamento tal que só podemos imaginar com base nos irrisórios exemplares de que dispomos, não houvesse Vasanpeine sido *desviado* (o termo é absolutamente correto) de seus elevados objetivos por uma intrusão curiosa e inesperada.

---

* Caderno de notas 64-A.

Dois

O realista, caso seja um artista, não procurará nos mostrar uma fotografia banal da vida, e sim nos dar uma visão bem mais completa dela, mais aguda, mais convincente do que a própria realidade.
Guy de Maupassant, prefácio de *Pierre et Jean*

Certa tarde, enquanto contemplava os intrincados desenhos que a borra do café deixara na xícara que sempre pedia para encerrar o almoço no Café de la Comédie, com o feio cachorro deitado como de hábito a seus pés, Vasanpeine reparou pelo canto do olho numa figura pequena e redonda que se movia desajeitadamente de um lado para o outro por trás das janelas de vidro fosco. Algo em sua forma e tamanho, ou talvez nos passos hesitantes, o fez levantar a cabeça e acompanhar a entrada da figura no restaurante, onde foi se encafuar numa das mesas mais distantes do canto mais escuro da sala. Não temos nenhuma descrição da figura; seria surpreendente se a tivéssemos, pois, como é sabido, Vasanpeine raras vezes se refere no diário às pessoas que encontra e nunca oferece um retrato delas *in toto*. Da própria figura, nada diz, exceto que, como conseqüência de sua presença, chegou tarde ao trabalho pela primeira vez na vida.*

Podemos afirmar com bastante convicção (como o faz Terradillos)** que naquele dia, quase imperceptivelmente, alguma coisa se alterou na arte de Vasanpeine: sua concentração ganhou novas coordenadas, seu olhar meticuloso mudou de foco. O amor é uma emoção curiosa. Sua característica mais evidente é a impossibilidade de explicá-la, sua capacidade de lançar raízes nos locais menos óbvios. Aquilo que, no curso de uma vida comum, de repente desvia o rumo de nosso comportamento e provoca um estado de espírito febril até então desconhecido é uma questão que jamais poderá ser respondida, com um mínimo de precisão, pelo historiador. Às vezes um retrato ou uma particularidade jocosa, um traço pessoal marcante ou um capricho de temperamento podem fornecer uma razão (embora dificilmente irrefutável) para justificar a condição especial que, em geral sem aviso prévio, toma de assalto nosso corpo e nossa mente.

* Caderno de notas 81-A.
** Jean-Luc Terradillos, "Le cas Vasanpeine".

No caso de Vasanpeine, não dispomos de tal placebo. Tudo o que sabemos é que, em certo dia do outono de 1930, Vasanpeine se apaixonou.

Peço licença aqui para afastar-me um pouco da narrativa rigorosamente documentada e empregar alguns recursos literários menos acadêmicos a fim de registrar esse momento crucial na vida de Anatole Vasanpeine. Não tenciono inventar ou distorcer os fatos, mas apenas conectá-los e preencher certas lacunas com a ajuda de uma intuição razoável. Os cadernos encapados com oleado que cobrem esse período contêm pouquíssimos elementos capazes de auxiliar o historiador na reconstituição do declínio e trágico fim de Vasanpeine; a Societé des Antiquaires de l'Ouest teve a gentileza de permitir que eu consultasse um punhado de documentos vagamente relacionados (e bastante incorretos) que ela possui; o vade-mécum de R. Borthier de Rollière, de 1907, intitulado *Nouveau Guide du voyageur à Poitiers et histoire des rues de Poitiers*,* serviu somente para desmentir algumas de minhas suposições geográficas. Assim, os leitores de-

---

* Amavelmente emprestado pelo sr. Jean-Michel Richet, da livraria Gibert Joseph, de Poitiers.

vem resignar-se ao que poderíamos chamar de uma reconstrução *parcialmente factual*.

Durante os dias que se seguiram, Vasanpeine esperou em sua mesa do La Comédie que a figura voltasse. Para certa surpresa do feio cachorro, seu mestre deu de vagar antes e depois das horas de trabalho pelas ruas próximas ao Palácio de Justiça, a câmera enfiada no grande bolso do sobretudo. Uma ou duas vezes aventurou-se até a sair à noite em sua busca diligente. E então, ao meio-dia de um sábado (como revela o diário sem especificar a data exata),* ele viu-a de novo.

Estava sentado mais uma vez no La Comédie e, tendo pagado o café, aprestava-se a sair quando notou, do outro lado da mesma janela, a mesma figura esférica. Desta feita, ela não entrou no restaurante, mas, após um momento de hesitação, seguiu no seu andar desajeitado rumo ao mercado. Vasanpeine, com o feio cachorro grudado nos calcanhares, decidiu segui-la. Subiu a Rue Régratterie em direção à igreja, passou pelas barracas dos vendedores de legumes e de queijos, cruzou diante da rua onde morava e dos

---

* Caderno de notas 82-B.

quiosques de flores e por fim desceu a estreita Grand' Rue com suas casas arcaicas, perseguindo sempre a pequena e bem agasalhada figura que, embora parecesse não ter pressa, andava muito rápido, carregando uma cesta de vime redonda e bastante surrada.

Como era dia de feira, a área estava cheia de compradores que falavam alto, visitantes importunos, lavadeiras com trouxas na cabeça, caixeiros-viajantes, lojistas e vagabundos de todos os gêneros e tamanhos, tornando difícil a caminhada. Uma ou duas vezes o feio cachorro soltou um ganido ao ser pisado ou chutado por alguém; duas ou três vezes a ponta de uma cesta ou de um pesado embrulho golpeou os flancos de Vasanpeine. Em diversas ocasiões perdeu de vista sua presa, sentindo uma forte agonia até descobri-la de novo, marchando ainda à sua frente. De repente, ao chegar ao decrépito Hotel Barbarin, a figura parou e olhou por um momento para a fachada venerável, como se não estivesse segura de seu paradeiro. Vasanpeine de imediato lembrou-se de que, bem acima da entrada do hotel, havia uma inscrição que um antigo professor fazia muito tempo decifrara para seus alunos. "NEC SPE, NEC METV" ele leu, e o eco da tradução do adágio lhe veio através dos anos:

"Sem ambição e sem medo". Como essas palavras devem ter lhe parecido adequadas em meio a sua nefasta perseguição!

Retirando de sob os agasalhos um polegar grosso e curto, a figura tocou a campainha. Com um rangido, a porta se abriu e a figura deslizou para dentro. A porta foi fechada e Vasanpeine ficou desnorteado em meio à torrente de transeuntes, indeciso sobre o que fazer. Atrás da porta, ouviu vozes, vozes altas e esganiçadas, mas era impossível decifrar o que diziam. Será que uma delas era da figura amada? Seus ouvidos buscaram separar da malha de sons ininteligíveis os tons que imaginava poderem pertencer a ela, como se tentasse seguir a frase de um único instrumento numa orquestra sinfônica. Não conseguiu. Continuou de pé, ouvindo. De repente, um pavoroso grito, agudo e penetrante, veio dos fundos do prédio, seguido de um grande alvoroço em meio ao qual também se ouviam risadas e imprecações. Depois se fez silêncio. A porta foi aberta mais uma vez e a figura disparou para fora, mas Vasanpeine pôde ver que a cesta de sua amada levava agora uma galinha obviamente morta, cuja cabeça pendia para fora da borda pregueada.

A parada seguinte da figura foi numa pequena

loja de verduras espremida entre um armarinho e a severa fachada de um cartório. Mantendo uma distância prudente, Vasanpeine viu a mão da figura se desvencilhar outra vez das muitas dobras de tecido para remexer nas caixas de pêssegos e maçãs. Acostumado a obliterar os elementos circundantes a fim de melhor enfocar o objeto que lhe atraía a atenção, Vasanpeine eliminou de sua vista a rua movimentada com transeuntes apressados e fixou-se unicamente na mão exposta quando dois pequenos dedos dela se levantaram, reluzentes como os chifres de uma lesma, e roçaram cuidadosamente a greta de um pêssego. Movendo-se para a frente e para trás, os dedos exploraram a superfície coberta de penugem com um cuidado clínico, até que, aparentemente, o pêssego em causa passou no exame e foi acomodado com carinho em cima da ave morta. Um segundo pêssego foi submetido ao mesmo escrutínio, seguido de outro mais. Nesse ponto, o verdureiro interveio com uma dura advertência de que as mercadorias não deviam ser tocadas. A figura murmurou alguma coisa que Vasanpeine não conseguiu entender, entregou duas moedas ao relutante dono da loja e saiu em passos miúdos com a cesta agora ocupada pela galinha e pelas frutas, como a visão de Papai Noel por um bêbado. Vasanpeine e o cachorro seguiram a uma distância cautelosa.*

Sabemos pelos cadernos de notas** que a figura fez mais uma parada a caminho de seu destino final. Ao lado da veneranda mansão conhecida havia séculos como Casa dos Três Pregos, funcionou durante muitos anos uma antiquada loja de vinhos sem nome ou tabuleta que a identificasse, a qual, apesar disso, chamava a atenção de todos pelos vapores alcoólicos que se desprendiam de seus sujos tonéis e chegavam até a Grand'Rue. Nunca se viu ninguém servindo ao público e, segundo a magistral obra de C. Portelli *Os mercadores de vinho da Vienne*,*** ninguém jamais reconheceu que era freguês da loja, mas é sabido que grandes volumes de Chinon e Saumur lá foram entregues nos anos que antecederam a Segunda Guerra Mundial e, embora o negócio tivesse fechado as portas pouco depois da Liberação, a prova de sua ativida-

---

* Colhi os pormenores dessa perseguição romanesca dos cadernos de notas 82-B e 82-C, nos quais A. V. parece ter sido invulgarmente franco.
** Cadernos de notas 82-B e 85-C.
*** C. Portelli, *Les marchands de vin de la Vienne* (Châtellerault, Societé pour la prevention de l'alcoolisme, 1980).

de crapulosa ainda pode ser vista nas manchas de vinho que enegrecem os paralelepípedos em frente ao número 106 da Grand'Rue. A figura desapareceu por alguns minutos nessa caverna etílica, trazendo ao sair duas garrafas cobertas de pó que tinham sido acomodadas entre a galinha e os pêssegos. Mais uma vez se pôs a caminho.

A Grand'Rue tem esse nome devido a seu excepcional comprimento e popularidade. No entanto, embora haja em geral muita gente nos três quartos de sua extensão que ficam na parte mais alta da cidade onde se situa a igreja de Notre-Dame, o terço inferior, quase na margem do rio, é muito pouco freqüentado, mal se ouvindo ali o alarido do segmento superior. Aproximando-se da beira do Clain, como se relutante em morrer afogada, a Grand'Rue se dissolve num emaranhado de ruelas e travessas que tecem um bairro muito diferente, mudo e pouco convidativo, tal qual os arbustos espinhosos e nocivos que às vezes brotam em volta do tronco de uma árvore imponente. À noite, esse aglomerado de pequenas ruas calçadas de pedra assume o aspecto severo de um cemitério, descrito pelo poeta de Poitevin Denis Montebello como "a compleição soturna de uma negra coruja em sua ronda noturna";* à luz do dia, adquire uma indecorosa falta de vergonha. Nos últimos anos, muitas de suas casas foram restauradas de cima a baixo, as grandes portas pintadas ou envernizadas, as cornijas de pedra e as persianas de madeira limpas com jatos de areia e remendadas. Nos anos 30, contudo, essa área, conhecida como Quartier du Pont-Joubert, era úmida e malcheirosa, e contavam-se histórias terríveis sobre o que se passava atrás de suas paredes.** Nesse labirinto nada sedutor, Vasanpeine e seu cachorro continuaram no encalço da pequena figura.

A perseguição ao ser amado é um *tropos* literário

---

* Denis Montebello, "Ode au Pont-Joubert" em *Pour broyer le Poitou* (Cognac, Le Temps qu'il fait, 1999).
** Entre as muitas histórias contadas acerca do bairro de Pont-Joubert, Marie-Paule Rolin, em *Savoureuses histoires de l'histoire de Poitiers*, relembra o trágico fim da família Grinçant, cujos membros, um a um, foram assassinados e transformados em lingüiças pelo avô louco que era dono do açougue local, bem como a saga da Mademoiselle Maluca de Montmorillon, que, em 1822, foi viver naquela área de Poitiers e, após atrair jovens a seu *chambre de bonne*, os envenenava com uma mistura de melões passados e água de esgoto.

por demais conhecido para ser discutido aqui, embora possa ser útil lembrar os leitores do lugar que a busca ocupa no progresso artístico de Vasanpeine. A Lésbia de Catulo, a Beatriz de Dante, a Laura de Petrarca, o sr. W. H. de Shakespeare — todos aparecem no começo, e não apenas no fim, da busca do ser amado, como o *fons et origo* da inspiração do poeta. Quanto ao nosso personagem (como o professor Alain Quella-Villeger assinalou em seu notável estudo sobre as raízes históricas do *cas Vasanpeine*), o método vem antes, o propósito depois. Em outras palavras, seu estilo artístico, sua visão inspirada, seu olhar penetrante desenvolveram-se muito antes que o verdadeiro objeto de sua arte tivesse entrado em cena. Segundo observou astutamente o professor Quella-Villeger, todos os registros do Sudoeste da França, remontando aos dias do rei Charles Martel, mostram que os eventos sempre determinam um certo impulso artístico, uma certa moda, um certo *style de vie*, uma certa filosofia hoje associada com a região e, conseqüentemente, o pesquisador superficial pode ser perdoado se supuser que, também no caso de Vasanpeine, sua arte só podia ser compreendida como fruto, e não como semente, da História. Mas estará muito errado! Como escreve o professor Quella-Villeger com um *soupçon* de arrogância: "O bom gosto e a imaginação antecederam a realização ímpar, embora fracassada, de Anatole Vasanpeine, e nisso ele ocupa uma posição única em toda a região de Poitou-Charentes".*

Para Vasanpeine, a perseguição, que tivera início tão tarde em sua carreira, continuava agora ao longo das ruas de Poitiers a uma velocidade moderada. Através de um túnel calçado com pedras, contornando uma esquina morfética, subindo um pavimento salpicado de estrume, atravessando uma vala aberta, a figura seguiu caminho sem se voltar uma única vez. Vasanpeine, que raramente passeava pela cidade e nunca percorrera aquela vizinhança insalubre, sentia-se tonto, já não sabia se estava rumando para o rio ou retornando na direção do mercado. Uma minúscula praça se abriu diante dele e voltou a fechar-se como uma armadilha; uma ruela estreita esgueirou-se à sua frente e, sem aviso prévio, sumiu num quintal deserto. E lá foi ele, o feio cão sempre nos seus calcanhares.

Por fim a figura parou na porta de uma casa sem nenhum traço distintivo, nem mais suja nem mais decadente que as outras, e entrou. Vasanpeine espe-

*Alain Quella-Villeger, *Tombeau de Anatole Vasanpeine* (Poitiers, L'Office du livre, 2000).

rou, sem saber o que fazer. Passaram-se alguns minutos, depois horas. Finalmente, no segundo andar, acima de sua cabeça, ele ouviu as venezianas sendo abertas de par em par e viu uma mãozinha prendê-las à parede. Acendeu-se uma luz. Uma fina cortina foi puxada, mas era possível se ver uma sombra redonda andando para lá e para cá por trás do tecido rendado. Vasanpeine continuou à espera. O cachorro feio dormiu na calçada. Caiu a noite. Um parcimonioso lampião foi aceso na esquina.

Aqui, mais uma vez, peço desculpas ao leitor por trocar a crônica rigorosa pela farsa de baixo nível. Tácito observa em seus *Anais* que o anotador de fatos não pode ser culpado pelos momentos em que a História perde a compostura.* Dizer que Vasanpeine olhou para a figura na janela com desejo; que ignorou o cachorro enroscado a seus pés; que, malgrado seu porte físico medíocre (como prova a única fotografia que temos dele),** imaginou-se capaz de subir pela parede nua utilizando as travas das venezianas

---

* Cornelius Tacitus, *Anais*, livro IX 1-2.
** Atualmente na coleção particular do sr. G. Csàkany, que gentilmente nos deixou reproduzi-la no frontispício deste ensaio.

como pontos de apoio; que conseguiu pendurar-se ao peitoril com a mão esquerda enquanto agarrava a câmera com a direita e examinava ofegante os aposentos de sua presa, nada mais é do que um relato preciso dos acontecimentos daquela noite. Viu a figura mover-se no quarto atravancado e forrado com um novo papel de parede, esquivando-se com habilidade das inumeráveis bugigangas. Observou quando, tendo entrado na minúscula cozinha, ela tirou cuidadosamente as compras da cesta e dispôs os vários utensílios necessários para preparar a refeição. Com o olhar nada imparcial de um amante, admirou a destreza com que a figura usou seus dedos grossos para lavar, secar e esfregar a galinha inteira com manteiga e sal — e, estoicamente, Vasanpeine não se permitiu imaginar (tal como se lê em seu diário)* "o que aquela pele amarela e depenada deve ter sentido ao ser assim massageada e mimada". Depois daquelas manipulações, a figura pôs a galinha numa panela, acrescentou algumas verduras e enfiou tudo no forno. Então, sem saber que seus afazeres noturnos estavam sendo acompanhados por um admirador fiel e reverente,

---

* Caderno de notas 85-B.

desarrolhou a garrafa de vinho e, tomando pequenos goles com ar meditativo, sentou-se para esperar. Vasanpeine esperou também.

Os poetas nos ensinam que, para o amante, esperar causa ao mesmo tempo enlevo e dor, mesclando a alegria da expectativa com a agonia da incompletude, um estado de ser sobre o qual reinam simultaneamente Vênus e seu séqüito de cupidos e Saturno, senhor da melancolia. No ato de contemplação, o amante congela o ser amado num espaço/tempo em que nenhuma transformação física, nenhuma alteração de hábitos, nenhuma mudança de sentimento ou condição afeta minimamente a gélida realidade de seu amor. Para o amante, o Tempo não é um ladrão, e sim um provedor, um mago generoso e portador de presentes, entre os quais sobressai o prolongamento do *éblouissement*, a bem-vinda tensão antes da conquista do pico, o coração transbordando à espera da epifania. O ser amado, como a montanha magnética tornada famosa nas *Mil e uma noites*, permanece imóvel, imenso, exercendo sua atração fatal enquanto o amante, livrando-se aos poucos de todo o excesso de carga, navega rumo a ele numa viagem sem fim, confiante em sua constância, seguro em sua rota. Uma canção do Poitevin, do século XVI, transcrita por Estelle Lemaître, resume perfeitamente essa dicotomia:

Em que nos parecemos,
Eu e meu amor, com a neve de maio?
Meu bem por sua brancura tão bela
E eu ao me derreter por ela.*

Para Vasanpeine, porém, a provação prazerosa do "derretimento" tornava-se ainda mais dolorosa pela posição inconfortável em que se vira obrigado a esperar e, conquanto o coração se enchesse de júbilo pela mera visão da criatura amada, seus músculos, menos sensíveis àquelas raras atrações sentimentais, começaram a contrair-se nos enfadonhos espasmos de protesto que auguravam o início de uma câimbra perigosa. Mas ele agüentou firme.

Por fim, uma campainha estridente anunciou que a refeição estava cozida. Com uma habilidade só comparável à que Vasanpeine testemunhara na prepara-

---

* "En quoi sommes-nous semblables/ Moi, la neige et ma belle?/ Elle en beauté et blancheur,/ Moi à fondre pour elle." Estelle Lemaître, *Florilège de chansons poitevines* (Arles, Actes Sud, 1999).

ção do repasto, a figura tirou a ave assada da panela, depositou-a num prato — onde se manteve ereta, com a beleza imponente de uma catedral cor de âmbar — e, faca numa das mãos, garfo na outra, "como o próprio disco solar no festim dos deuses",* atacou-a com feroz voracidade. Movido quase às lágrimas pelo encanto simples, despojado e abrangente da cena, Vasanpeine viu os implementos se agitarem, a pele bronzeada abrir-se, a gordura dourada esguichar para fora, a carne ser cortada em pedaços cada vez menores e espetada com o garfo antes de desaparecer com incrível velocidade dentro da delgada abertura daquela boca sem lábios. Porção atrás de porção, bocado atrás de bocado, naco atrás de naco, a carne branca e preta da galinha desapareceu na famélica rotundidade. Em breve, no prato só restavam abóbadas vazias sustentadas por um arcabouço de ossos. A garrafa de vinho foi esvaziada e bebida, a segunda garrafa aberta e sujeita a igual destino, até chegar (como Vasanpeine sem dúvida antecipara) a vez dos pêssegos. Bem podemos imaginar os pensamentos de

* Este símile é da lavra do próprio Vasanpeine num de seus momentos mais líricos. Cf. Caderno de notas 86-B.

Vasanpeine quando os dentinhos se cravaram na pele peluginosa.

A refeição acabara. A figura limpou o rosto com um grande pedaço de pano vermelho, soltou um leve arroto de saciedade e, com encantadora indiferença, pôs os pratos sujos na pia de pedra. Feito isso, agora com um caminhar ligeiramente mais pesado, voltou para o outro aposento. Vasanpeine se deu conta de que a cama estava situada exatamente debaixo da janela através da qual ele vinha exercendo sua vigilância. Com o coração disparado, viu a figura começar a se despir.

Camada após camada, a figura foi se desvencilhando de xales, mantas, casacos, coletes, calças de estilo turco, sapatos, perneiras e meias, até as amplas roupas de baixo — e Vasanpeine deixou que seus olhos demorassem sobre a forma lisa como um ovo que, por trás da cortina rendada, bamboleava de um lado para o outro nos fundos do quarto.

Neste ponto, a partir de algumas anotações imprecisas nos diários* (bem como do testemunho de uma velha moradora do Quartier du Pont-Joubert, a

---

* Cadernos de notas 86-A e 86-B.

sra. A.-L. Broussemiche),* creio ser permissível deduzir o aspecto da criatura amada por Vasanpeine. Sem dúvida, ela exibia certa perfeição. Cabelo cortado curto, no estilo militar. Olhos pequenos e incrustados bem fundo na carne, como buracos de moluscos na areia. O nariz, mero botão, era quase inexistente. O maior mérito da boca sem lábios consistia em sua discrição. As bochechas lisas reluziam com a pátina de muitas refeições não lavadas. No todo, a principal característica era sua continuidade: nenhuma interrupção ou sinal distintivo impedia a cabeça de fundir-se sem esforço com o pescoço, e este de escorregar rumo aos ombros. Os braços curtos e as mãos miúdas pouco afetavam a impressão geral de uma redondeza perfeita, uma vez que a ausência de cintura tornava impossível distinguir o peito da barriga e as costas das coxas balofas. As pernas sustentavam o corpo como o bastonete truncado de um bilboquê. A pele tinha a cor de um ovo de codorniz, embora sem a fragilidade de sua casca. Pelo contrário, a figura parecia feita de

* Colhido por Jean-Luc Terradillos, inédito. Desejo agradecer ao sr. Terradillos por ter generosamente permitido que eu lesse o depoimento em causa.

algo duro e lustroso, como borracha mergulhada em cera ou óleo.

Em nota de pé de página no artigo antes mencionado, Jean-Luc Terradillos observa que, para o lado pseudomístico da personalidade de Vasanpeine, a noção de perfeição tradicionalmente vinculada à figura do círculo ocorreria de modo natural, assim como os anéis, as coroas e os mandalas surgem espontaneamente em todas as religiões conhecidas. "A procura de uma comunhão erótica com algo até então desconhecido, embora revelado aos poucos a ele por meio de detalhes amorosos, de repente atingiu o ápice na revelação da rotundidade de seu objeto de desejo", escreve Terradillos. E acrescenta, com exemplar erudição: "Assim os antigos imaginaram suas divindades amadas na forma circular dos planetas e do Sol, assim os teólogos medievais conceberam o Deus de sua paixão como uma esfera, assim nossos cientistas veneram o núcleo infinitesimal do universo como um átomo redondo".*

Para Vasanpeine, ver aquele corpo esférico quase

---

* Jean-Luc Terradillos, "Le cas Vasanpeine", nota número 47.

nu e não poder (ou não querer) dizer se pertencia a um homem ou a uma mulher, a um jovem ou a uma pessoa idosa, foi a revelação final em seu *gradus ad Parnassum*. Até então, todo ato de descoberta, todo momento de contemplação era focalizado num segmento particular e freqüentemente incidental de algum todo incerto, ou num elemento a que ele emprestava importância mediante uma relação emocional com as próprias feições limitadas desse elemento, separando-o da noção tirânica da inteireza, invertendo o processo de despojamento implícito em qualquer organismo vivo que sempre favorece o coletivo em detrimento do traço individual. Mas agora lá estava uma criatura que era tanto um todo quanto um detalhe, soma das partes e entidade singular, coerente e monadário. Não era necessário retalhar uma complexa constelação para concentrar-se num pedaço encantador, numa partícula excitante. Aquela criatura autosuficiente era fragmentária e completa, partida em pedaços e indivisível. Nunca antes Vasanpeine encontrara coisa igual. O amor o tomou de assalto. Olhou-a como num transe. Pressionou o botão. O obturador piscou.

A câmera de Vasanpeine (ele comprara recentemente o último modelo)* suplementava a possibilidade de maior abertura com um *flash* que coroava discretamente o aparelho. Ele julgou de forma correta que a luz dos abajures no quarto vermelho era insuficiente. O *flash* disparou. A figura virou-se e lançou um grito aterrador, seguido de outro e mais outro. Somado ao *flash*, o grito fez com que Vasanpeine perdesse seu já precário equilíbrio. A mão escorregou do peitoril, os pés resvalaram do apoio improvisado. Ainda segurando a câmera, caiu sobre o cachorro na calçada. Os gritos continuaram sem qualquer sinal de que baixariam de volume. Postigos se abriram de supetão. Cabeças apareceram nas janelas. Alguém chamou a polícia.

O cachorro, sem dúvida assustado por ter sido

* Terradillos relatou que a câmera preferida de Vasanpeine nos últimos estágios de sua carreira era uma Kodak portátil munida de *flash* eletrônico. Terradillos observa que a lâmpada do *flash* eletrônico foi inventada em 1929 por Benoît de la Martelière, dois anos antes que Harold Edgerton, do Massachusetts Institute of Technology, de Cambridge, patenteasse um dispositivo semelhante nos Estados Unidos. Cf. S. Neri, *Figurate! Una storia della fotografia universale* (Milão, Rosellina Archinto, 1985).

acordado de forma tão brusca, deu uma forte mordida na batata da perna de Vasanpeine, o que em nada contribuiu para mitigar as dores causadas pela severa queda. Ele conseguiu pôr-se de pé e, tendo enxotado o cachorro, que ainda se aferrava à sua perna, saiu manquejando pela rua que se enchia rapidamente de curiosos. Dedos eram apontados em sua direção, uma ou duas mãos tentaram agarrá-lo ao passar claudicante, mas a expressão em seu rosto ou a presença do cão, que não cessava de rosnar, dissuadiu todos de tentar persegui-lo. Voltando pelo labirinto de passagens e quintais, Vasanpeine escapou dos gritos que continuavam a ecoar em sua cabeça machucada.

Mesmo diante de um perigo terrível, não é fácil descartar a intimidade de toda uma vida com certa *Weltanschauung*. Desde a infância Anatole Vasanpeine se preparara para ver o mundo em seções significativas e momentos cruciais, nunca como um todo convincente. Agora, ao escapar pela cidade em que sempre vivera sem nunca haver explorado — as ruas envoltas em trevas, os gritos dos perseguidores reverberando em seus ouvidos —, Vasanpeine viu-se perdido numa barafunda de retalhos e farrapos arrancados de um gigantesco quebra-cabeça que sua mente se recusava a conceber — ou era incapaz de fazê-lo.

Os interstícios iluminados de uma veneziana flutuavam no ar como restos incandescentes de uma grande fogueira; uma porta aberta levantava-se à altura de seu cotovelo tal qual uma lápide; a poça de luz de solitário lampião abria um medonho abismo a seus pés. Os prédios o encaravam com olhos de coruja, arcobotantes enfiavam narizes pontiagudos em sua cabeça, arcaturas cegas o ameaçavam a partir de suas posições rígidas contra as paredes de pedra, balcões davam rasantes sobre ele como morcegos monstruosos, obrigando-o a desviar-se e tropeçar. O chão levantava-se como penhascos para impedir sua fuga, paredes de tijolos fechavam as galerias quando ele se aproximava, as esquinas se enroscavam como os segmentos da cauda de um dragão. Os detalhes do mundo, aos quais por tanto tempo Vasanpeine carinhosamente dera um valor próprio e singular, agora conspiravam contra ele, amalgamando-se como as partes de um monstro desmembrado que renascesse com o propósito único de derrotá-lo. Soltou um grito em meio à escuridão — e, em resposta, um milhão de coisas diferentes gritaram em uníssono.

Conseguiu por fim descobrir a Grand'Rue e subiu por ela. No alto, a massa familiar e protetora dos fundos da Notre-Dame-la-Grande ergueu-se à sua frente, bloqueando a luz das estrelas. Dobrou na rua em que morava e, com o cachorro choramingando nos seus calcanhares, entrou em casa.

Nada o convenceria de que estava errado! Desafiava o universo teimoso, aglutinado e grosseiramente entrelaçado que queria abalar sua fé amorosa e artística! Não se deixaria forçar a ver as coisas como tudo e todos queriam que ele as visse, esmagadas e misturadas numa mixórdia informe! Não capitularia!

Vasanpeine nos deixou um registro fragmentário dessas horas desafiadoras.* Tentarei reunir os fragmentos dentro dos limites em que o historiador está autorizado a usar sua imaginação. Vasanpeine dedicou o resto da noite a penosas atividades, primeiro revelando a fotografia que tirara e depois testando-a em diferentes tamanhos de papel até se sentir mais ou menos satisfeito com o resultado. Por fim, num formato apenas ligeiramente maior do que o escolhido para as suas fotografias anteriores, lá estava, em toda a sua glória esférica, a figura que lhe provocara tama-

---

* Caderno de notas 83-C (incompleto).

nha paixão. Pendurou-a para secar, esperou que estivesse pronta para ser manipulada e a levou para o quarto. Fechando a porta no nariz do feio cachorro, depositou-a delicadamente sobre a escrivaninha.

Com o zelo de sempre, seguiu a rotina havia muito estabelecida. Sentou-se diante da escrivaninha, destrancou a caixa de metal onde guardava os diários e fez algumas anotações. Voltou a guardar os diários, trancou a caixa e meteu a chave no bolso. A seguir, puxou de debaixo da cama os caixotes de fotografias e as folheou avidamente, o pulso se acelerando, a boca secando. Das centenas de clichês, costumava selecionar uns doze que, em determinada noite, mereciam ou suscitavam sua atenção. Desta feita, no entanto, quando a luz poeirenta da madrugada começou a se infiltrar pela única janela, pegou um punhado ao azar, depois outro, e outro mais, deixando que caíssem como oferendas até que houvessem coberto sua cama e se derramassem pelo chão. Lábios, dedos do pé e da mão, sobrancelhas, glandes, omoplatas, mamilos, pestanas, lábios vulvares, calcanhares, joelhos, umbigos, cotovelos, bigodes, narinas, todos e cada um apareciam perante ele agora em sua identidade pública, não mais enriquecidos pela ambigüidade primordial, e sim evidentes e anatômicos, como mercadorias no balcão de um açougueiro.

Mais por hábito que por intenção, Vasanpeine despiu-se e pendurou as roupas na cadeira. Deitou o corpo tiritante sobre as fotografias e fechou os olhos. Esfregou-se nas imagens. Deixou que elas escorregassem por cima dele. Apalpou-as, acariciou-as, lambeu-as. Fez pressão com o corpo sobre elas, deixou que se amassassem e se rasgassem, que lhe cortassem a pele. Mas o que antes tinha sido um enxame de visões distintas e deleitáveis, que prometiam (sem nunca cumprir) a recompensa havia tanto desejada, coalescia agora num todo teratológico sem forma nem centro distinguíveis, uma confusão de partes corporais unidas a algo inimaginável e sem nome, um monstro com um número infinito de membros enxertados nos lugares errados, alguma coisa plana e fria, uma criatura bidimensional com globos oculares demais, mãos demais, bocas escancaradas demais. Nauseado e tremendo, ele conseguiu pôr-se de pé, trôpego, e pegou a nova fotografia. Empurrando todas as outras para fora da cama com um gesto impaciente, pôs bem no meio a imagem do ser amado.

Deitou-se com cuidado, soltando aos poucos o

peso do corpo sobre a imagem, como se temeroso de amedrontá-la ou feri-la. Outra vez cerrou os olhos, outra vez tentou invocar através dos sentidos o toque, o cheiro, o som da pequena figura que perseguira com tanta coragem. Lá fora, ele bem sabia, fervilhava um universo de presenças óbvias, de gratificações convencionais, de corporalidade explícita. Lá fora havia pedras e florestas, criaturas com pêlos e peles e plumagens, seres com nariz grande ou pequeno, olhos castanhos ou verdes, sovacos secos ou suarentos, nádegas rijas ou flácidas. Lá fora tudo cheirava a realidade passageira, corrupção congênita, urina e ferrugem. Ele não tinha a arrogância de crer que estava a salvo daquela pilha de cadáveres, que seu corpo era de algum modo diferente. Sabia apenas que algo nele aspirava a um outro modo de parentesco com o mundo, não limitado ao que incha e purga e adere e murcha, mas ao que permanece constante e majestoso, único e incontável, como as constelações celestes.

Deixou-se ficar ali por longo tempo, contemplando apenas a lembrança da figura que andava sem levantar os pés, tentando mais uma vez sentir o que vira na imagem por ele capturada. Tentou e tentou, repetidas vezes. Enfim, de todo exaurido, caiu no sono.

Foi acordado pelos latidos do cachorro. Levantou-se e olhou a fotografia na luz intensa do meio-dia. Amassado e rasgado, um dos cantos dobrado, aquele pedaço de papel lustroso não era, ele sabia agora com absoluta certeza, a imagem da criatura amada. Não era nem mesmo a imagem de uma imagem. Era uma impostura, uma falsa recordação, um espantalho sem qualquer faísca do divino, sem qualquer conotação amorosa, em nada suscetível de espelhar a paixão ou o desejo que sentira. Tratava-se de algo vazio, frouxo, incapaz até de afugentar suas sensações doentias de vergonha e ridículo. Ele fracassara, mas não como em todas as outras vezes. Agora fracassara para sempre.

O cachorro continuava a ladrar. Da gaveta da mesinha-de-cabeceira, Vasanpeine tirou a caixa de fósforos que guardava, junto com uma vela, desde os tempos de criança, antes que instalassem a eletricidade na casa. A colcha da cama era feita de algodão e pegou fogo com facilidade. O papel lustroso demorou um pouco mais, porém logo eclodiu em vivas chamas, emitindo um cheiro acre. As fotografias no chão queimaram a seguir, depois o tapete. O quarto se encheu de fumaça. Quando o fogo o atingiu, Vasanpeine havia tombado sobre a escrivaninha, misericordiosamente já inconsciente.

Sobre o autor

Alberto Manguel nasceu em 1948, em Buenos Aires, e hoje é cidadão canadense. Passou a infância em Israel, onde seu pai era o embaixador argentino, e fez seus estudos na Argentina. Em 1968 transferiu-se para a Europa e, à exceção de um ano em que esteve de volta a Buenos Aires, onde trabalhou como jornalista para o *La Nación*, viveu na Espanha, na França, na Inglaterra e na Itália, ganhando a vida como leitor para várias editoras. Em meados dos anos 70, foi editor-assistente das Editions du Pacifique, editora do Taiti. Em 1982, depois de publicar *Dicionário dos lugares imaginários* (em colaboração com Gianni Guadalupi), mudou-se para o Canadá. Editou diversas antologias de contos sobre temas que vão do fantástico à literatura erótica. Autor de livros de ficção e não-ficção, também contribui regularmente para jornais e revistas do mundo inteiro.

Dele, a Companhia das Letras publicou *Uma história da leitura* (1997), *Lendo imagens* (2001), *No bosque do espelho* (2000), *Stevenson sob as palmeiras* (2000), *Dicionário de lugares imaginários* (2003, com Gianni Guadalupi), *Os livros e os dias* (2005) e a antologia *Contos de horror do século XIX* (2005, organização e introdução).

Copyright © by Alberto Manguel

Título original
The overdiscriminating lover

Projeto gráfico e capa
Raul Loureiro

Ilustração da capa e das pp. 6 e 7
Célia Euvaldo

Imagem da p. 11
Anatole Vasanpeine, coleção particular de M. G. Csàkany

Preparação
Maria Cecília Caropreso

Revisão
Olga Cafalcchio
Renato Potenza Rodrigues

Dados Internacionais de Catalogação na Publicação (CIP)
(Câmara Brasileira do Livro, SP, Brasil)

Manguel, Alberto
  O amante detalhista / Alberto Manguel ; tradução de Jorio Dauster. — São Paulo : Companhia das Letras, 2005.

  Título original: The overdiscriminating lover.
  ISBN 85-359-0681-9

  1. Ficção canadense. I. Título.

05-5066   CDD-813

Índice para catálogo sistemático:
1. Ficção: Literatura canadense em inglês 813

[2005]
Todos os direitos desta edição reservados à
EDITORA SCHWARCZ LTDA.
Rua Bandeira Paulista, 702, cj. 32
04532-002 — São Paulo — SP
Telefone: (11) 3707-3500
Fax: (11) 3707-3501
www.companhiadasletras.com.br

ESTA OBRA FOI COMPOSTA PELO ACQUA ESTÚDIO GRÁFICO EM FOURNIER,
E IMPRESSA PELA RR DONNELLEY MOORE EM OFSETE SOBRE PAPEL PÓLEN BOLD
DA SUZANO BAHIA SUL PARA A EDITORA SCHWARCZ EM AGOSTO DE 2005